TIME FOR KIDS

Próxima parada: El Caribe

Ginger McDonnell

Asesor

Timothy Rasinski, Ph.D.
Kent State University

Créditos

Dona Herweck Rice, *Gerente de redacción*
Robin Erickson, *Directora de diseño y producción*
Lee Aucoin, *Directora creativa*
Conni Medina, M.A.Ed., *Directora editorial*
Ericka Paz, *Editora asistente*
Stephanie Reid, *Editora de fotos*
Rachelle Cracchiolo, M.S.Ed., *Editora comercial*

Créditos de las imágenes

Cover & p.1 Shutterstock; p.3 BlueOrange Studio/Shutterstock; p.4 Toniflap/Dreamstime; p.5 top: Dave Allen Photography/Shutterstock; p.5 bottom left: Christian Wheatley/iStockphoto; p.5 bottom right: Jo Crebbin/Shutterstock; pp.6–7 Cartesia; p.7 Dover_cigar labels; p.7 bottom left: Pablo Scapinachis/Shutterstock; p.7 bottom right: Edwin Verin/Shutterstock; p.8 Regien Paassen/Shutterstock; p.9 top: Robert Rushton/iStockphoto; p.9 Flag Institute/misc./p06_Bahamas.tif, misc./p06_Dominican Republic.tif, misc./p06_Cuba.tif; p.10 top: Devon Stephens/IStockphoto; pp.10–11 bottom: Peter Wey/Shutterstock; p.11 top: Brian Lasenby/Shutterstock; p.11 bottom: Ella_K/Shutterstock; p.12 top: Andrey Yurlov/Shutterstock; p.12 bottom: Hagit Berkovich/iStockphoto; p.13 top: Roseburn3Dstudio/iStockphoto; p.13 bottom: Glenn Young/Shutterstock; p.14 top left: Undersea Discoveries/Shutterstock; p.14 top right: Vinicius Tupinamba/Shutterstock; p.14 bottom left: Holbox/Shutterstock; p.14 bottom right: Ariel Bravy/Shutterstock; p.15 top: Anan Kaewkhammul/Shutterstock; 15 bottom left: Viktar Malyshchyts/Shutterstock; p.15 bottom right: Videowokart/Shutterstock; p.15 bottom right: Filip Fuxa/Shutterstock; p.16 top: Zhuda/Shutterstock; p.16 bottom: Rob Marmion/Shutterstock; p.17 top: Cristi Bastian/Shutterstock; p.17 bottom left: Provasilich/Shutterstock; p.17 bottom right: Viktar Malyshchyts/Shutterstock; p.17 bottom right: Lim Yong Hian/Shutterstock; p.18 top: Mircea BEZERGHEANU/Shutterstock; Fish insets; p.18 Johnfoto18/Shutterstock; p.18 Paul Vinten/Shutterstock; p.18 Judex/Shutterstock; p.18 Krzysztof Odziomek/Shutterstock; p.18 Offscreen/Shutterstock; p.19 top: Lisa F. Young/Shutterstock; p.19 bottom: daseaford/Shutterstock; p.20 Jeffrey Ong Guo Xiong/Shutterstock; p.21 Fernando Fors/IStockphoto; p.22 Andresr/Shutterstock; p.24 BlueOrange Studio/Shutterstock; back cover: Edwin Verin/Shutterstock

Teacher Created Materials
5301 Oceanus Drive
Huntington Beach, CA 92649-1030
http://www.tcmpub.com

ISBN 978-1-4333-4439-8

Printed by: 51497
Printed in: China

Tabla de contenido

¡Bienvenidos al Caribe!

¡Bienvenidos al Caribe! Muchas personas dicen que este lugar es el **paraíso**.

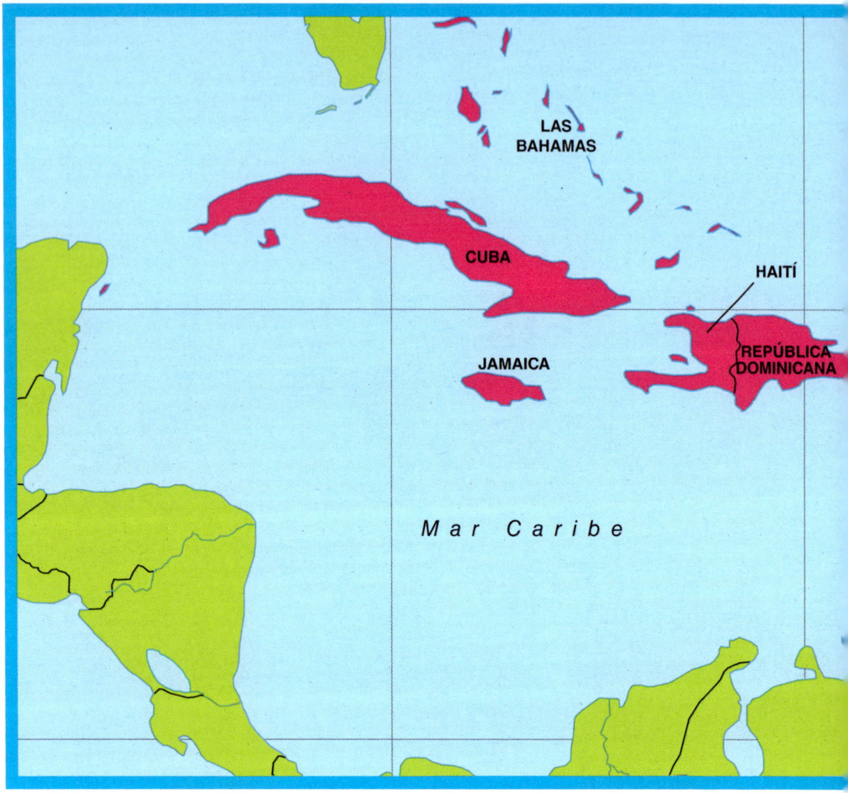

El mar Caribe es un hermoso y extenso mar con cientos de islas **tropicales**. El agua es cálida y tiene colores intensos. Las islas están llenas de vida y belleza.

= Islas del Caribe

El mar Caribe es parte del océano Atlántico. Mide unas 1,500 millas de largo y 900 millas de ancho. ¡Es un mar muy grande!

¿Piratas?

¿El Caribe te hace pensar en piratas? Hace muchos años, barcos piratas como éste navegaban los mares.

Durante muchos años, varios países quisieron controlar el Caribe. Hubo guerras por el control de las islas. Hoy en día, algunas islas pertenecen a otros países pero otras son independientes.

Animales

Cientos de especies de aves habitan en el Caribe. El clima es ideal para aves como las gaviotas, guacamayos y flamencos.

gavina capa negra

pelícano

flamenco

Las tortugas, las serpientes y los caimanes son tres tipos de reptiles que viven en el Caribe.

Los caimanes se parecen a los cocodrilos pero son más cortos y tienen el **hocico** más pequeño.

tiburón

mosquito

calamar

pez sierra

En el Caribe hay pocos mamíferos terrestres pero hay muchos animales marinos. Los tiburones, atunes, cangrejos y anguilas son algunos de ellos.

También hay muchos insectos. ¡Cuidado con los **fastidiosos** mosquitos!

Plantas

papaya

La vegetación pinta las islas del Caribe de color verde. También hay muchos otros colores. Por todas partes crecen frutas y flores grandes y brillantes.

En todas las islas del Caribe crecen palmeras. La gente puede descansar en las playas de arena y ver cómo las altas palmeras se mecen con el viento.

También hay otros árboles, pero el Caribe es conocido sobre todo por sus palmeras.

Más acerca del Caribe

El Caribe es un lugar maravilloso para ir de vacaciones. Puedes nadar en las hermosas aguas. Puedes bucear con **esnórquel** y ver de cerca los peces y los arrecifes de coral.

Tambores de acero

Durante sus vacaciones, la gente también puede disfrutar de la música caribeña. El sonido especial de la música del Caribe viene de los tambores de acero. Los primeros tambores de acero se fabricaban con los grandes tambos de petróleo vacíos.

La gente adora las puestas del sol en el Caribe. ¡Vale la pena hacer el viaje sólo para ver la puesta del sol!

Muchas de las ciudades en el Caribe se construyeron antes de que se inventaran los automóviles. Por esta razón, algunas calles son muy angostas. Son perfectas para caminar.

El Caribe es uno de los destinos turísticos más populares. En muchas islas, hay más **turistas** durante el año que la gente que vive allí.

¿Qué más te gustaría saber acerca del mar Caribe? En esta tabla encontrarás más información importante.

Datos acerca del mar Caribe	
Profundidad:	entre 6,000 y 12,000 pies
Fronteras:	Las Antillas (norte y este), Centroamérica (oeste), Sudamérica y Panamá (sur)
Nombre:	proviene de la tribu de indios Caribe que habitaban las islas en el siglo XV
Número de islas:	cientos
Islas principales:	Antigua, Aruba, Bahamas, Barbados, Cuba, Dominica, Granada, Haití, islas Caimán, islas Vírgenes británicas, islas Vírgenes estadounidenses, Jamaica, Puerto Rico, República Dominicana, Saba, San Bartolomé, San Martín, Santa Lucía, San Vicente y las Grenadinas, Trinidad y Tobago, Turcas y Caicos y más
Economía:	petróleo, pesquero, turismo
Idiomas:	inglés, español, francés, hindi, holandés, criollo

Glosario

esnórquel—un tubo de plástico que te permite respirar bajo el agua

fastidioso—molesto

hocicos—las largas narices de los animales

paraíso—un lugar hermoso y perfecto

tropical—de las regiones cercanas al ecuador, donde el clima es cálido y húmedo

turista—una persona que está de vacaciones y visita un lugar para descansar y ver cosas interesantes